Anatomie du stupre

Audrey Terrisse

Nous sommes annihilés par tous ces culs, ces chattes, ces queues. Et nous finissons par jouir de nous-mêmes, les yeux dans l'œil du sillon. Nous nous virtualisons en virages faussés et en chants de partisans hygiéniques. Je suis l'inexistence et le tremblement. Tu es la grâce et la fournaise. Et si on s'aimait pour de la vraie. Et si on s'apprenait comme les enfants qu'on n'a jamais été. Viens là, viens, touche-moi. C'est ma peau que tu sens, mon cœur que tu entends vibrer, mon souffle qui vient te lécher. Viens là, fais-moi toucher. C'est doux et ça fait mal. Ça brûle au corps. Tu crois qu'on va se blesser. Reviens. Je veux savoir. C'est ta peau qui transmet. Je veux apprendre ses sillons. Vers où mènent-ils ? Que vont-ils faire de nous. On n'a pas assez de cette vie. On en a plus qu'assez. On n'est pas bons à recycler. Déchets bien trop consommés. Arrête-toi là. Oui, juste là. Mon cœur bat jusque là. Plus fort. Encore.

L'amour est un acte manqué

Ce dont tu parles, c'est du désir bestial, simplement du désir, comme le nom de ce vieux tramway qui bringuebale à travers tout ce quartier, grimpant une petite rue étroite, dégringolant une autre.

Tennessee Williams, Un Tramway nommé Désir

A ceux qui m'ont un jour trouvée aimable ignorant nos monstres en miroirs. A ceux.

Il me dit, ton texte est triste. Le cul c'est bon et c'est gratuit. Et tu aimes ça. Tu écriras quoi sur nous ? Le cul c'est bon et c'est gratuit. Et j'aime ça. Et nous c'est pas le stupre. C'est pas l'anatomie du désir que j'écris. C'est l'anatomie du stupre. C'est ma démarche. C'est pas nous. C'est une quête de la vacuité. Se remplir. Et réaliser qu'il ne reste rien. Le stupre c'est pas le désir. Faut pas confondre. Toi je te désire. Et je t'aime. Je n'obéis pas au stupre. Tout le monde se laisse avoir. Même toi, même moi. Et tous les médiocres. Et souvent sans le saisir. L'anatomie du stupre, c'est une démarche sans concession. Le stupre gouverne les frustrations. Le désir nourrit la création. On est tous frustrés. Dès la naissance. Au sein, le bébé s'égosille du manque de débit. Au biberon, il cherche le mamelon. Dès la naissance, le stupre se niche. Le stupre est un animal indomptable. Le petit comptable reluque la secrétaire. Les vieux amants s'accordent des transgressions.

L'adolescente avale son mec pour la popularité. Le célibataire cumule les culs. Le vieux compte ses coups passés. Le stupre c'est pour tous, les tape-autour, les bénis-oui-oui, les pardon-j'ai-joui. C'est vrai mon texte est triste. Triste et vain. Comme le stupre. Je connais bien cette errance. Je ne la méprise pas mais je n'en suis pas dupe. L'es-tu ? Eux le sont. Ces fonctionnaires qui s'encanaillent, ces compteurs de points de retraite, ces néo-bourgeois sauveurs du monde, ces cultureux. Frustrés, comme tout le monde. Alors ils étalent et cavalent. Traitent leur maîtresse de petite pute et ont peur de faire jouir madame. Alors, chéri, je ne veux pas que nous soyons de stupre. Nous devons être désirs et créateurs. Tristes auteurs et gais baiseurs. Le stupre ne sera pas notre guide. Ni par ennui, ni par défi, ni par tromperie. Nous saurons nous inventer.

Prénom moyen, taille moyenne, fringues moyennes. Coupe de cheveu ? Très très moyenne. C'est un journaliste politique pour un webzine de province, une de ces gloires locales que tout le monde connaît mais dont le monde entier se fout. Il est aussi cadre sup. La gloire, c'est bien, le petit pavillon avec jardin, c'est mieux. Il sent la France catho, le pardon-j'ai-joui. Cheveux filasses et raie sur le côté. Bien en place. Et de gros yeux bleus globuleux. Jamais aimé les yeux d'amoureux. Toujours préféré les yeux de cochon et leurs pupilles absentes. Il aurait voulu être militaire. Son père voulait pas. Alors il s'est essayé à la politique avant de se remettre sur les rails. Destin tout propret. Le week-end il se prend pour un pilote et collectionne des décharges d'adrénaline à bord d'un Alpha Jet. Chronique d'une vie fantasmée. Il est presque journaliste. Comme moi. On fait le taf mais sans carte de presse. Et tout le monde y croit. La politique pour lui. La culture pour moi. Locales. Faut pas se leurrer.

L'ancien maire vient de se suicider. Tous les journaleux sont là. Ça s'agite dans le café. Mon rendez-vous arrive. Le journaliste le connaît. Il le salue et moi aussi. On discute un bout. L'ancien maire s'est suicidé. Tout le monde est excité. Pas moi. J'ai un article à rédiger.

J'accepte un verre, juste pour voir ce qu'il y a sous le polo Burberry. Une bière pour moi, un Perrier pour lui. Il pose des questions le journaleux. Je réponds ou j'esquive. Il est direct le catho. Je me moque de lui et de son côté vieille France. Je ne connais pas de femme comme toi. Elle est comment ta femme ? Gentille et dévouée, et deux enfants aussi. Le premier est précoce. Tu as eu beaucoup d'amants ? Quelques-uns. Il passe d'un sujet à l'autre. La politique revient. Je m'en fous et je lui dis. Il écrit un bouquin sur l'ancien maire. La fin est toute trouvée. J'ai un roman dans le tiroir, quelques poèmes, des milliers d'articles stériles. Je suis moins sage que je ne le parais. Je vais bosser sur un sujet pour la télé locale. L'échangisme. Ça va faire parler. Ça fait toujours parler le racolage. Il veut s'émoustiller dans les parties fines de la haute de province. Mais il a pas ses entrées. Faut pas compter sur moi. Il y a des sites pour ça. Mais lui a un autre angle. Evidemment. Tu me dragues ? Non. Tu penses vraiment que je te drague ? Les mecs comme toi ont envie de moi. Pourquoi ? Vos vies. Vos femmes. Vous vous emmerdez et pensez que la fille tatouée va vous réveiller. On se recroise à un concert. Son livre avance bien. Et son reportage aussi. Il a un angle. Je l'imagine filmer des couples de bourgeois. Les chattes et les queues. Corps échangés. Planqué derrière sa caméra, le journaliste jouit par procuration. Puis retour maison. J'ai bien bossé aujourd'hui. Sers-moi la soupe. Je l'imagine se finir sous la douche en rêvant à la femme de son pote.

Il a quarante ans ou un peu plus et veut être journaliste. Et garder le pavillon aussi. Et les gosses dans le privé. Il veut être pilote. C'est maintenant que tout se joue. Il abandonne la drague, accepte un poste à Paris et signe une bio au Cherche-Midi. Et moi j'essuie les refus.

Le musicien ne me jette pas un regard. Mes questions semblent le faire chier. C'est vrai, c'est bateau. Moi je l'ai trouvé beau quand il chantait, dans son trois-pièces à rayures. Il avait du charme. C'est un bâtard corpopétrussien qui chante des reines de l'âge de pierre. Dit comme ça c'est moins sexy. On a les idoles qu'on mérite. Il mate sur le côté. C'est bon, je le lâche. J'ai assez pour mon papier.

Le festival a démarré. Je couche les gosses et prends mon tour de caisse. Les gens passent. J'oublie la caisse. Les gens discutent en petits groupes. J'oublie les gens. Sauf le musicien. Il siffle une coupette sur une enceinte, l'œil rivé sur son collègue au clavier. J'enlève mon cuir et ondule ma croupe moulée, le défi au creux des reins. Hey ! Je mitraille l'artiste. Hey ! C'est cool de dire « Hey ! » alors je réponds « Hey ! » Le musicien se lève et rapporte du péteux. Défi relevé. Vaincu sans gloire. Moins d'une minute. La traque est décevante. Et il a perdu de sa superbe. Et des cheveux. Décevant. Sa cour se presse pour le saluer. Il les renvoie rapidement. Il parle musique et je l'écoute. Il a de la conversation, le musicien. Il a fait le Conservatoire. A Nantes, je crois. Moi je fais la cruche. De temps en temps, il m'attrape la taille et je le repousse. Je me lasse. Je pars. Il me suit. Plaque sa langue au fond de ma gorge et son érection contre ma cuisse. Il est petit le musicien. Et mes 12 centimètres assènent le coup de grâce à sa croissance avortée. Désolée je dois rentrer. Les gosses. Il va cuver dans son van et je m'écroule sur mon canapé.

Le musicien m'envoie quelques textos, ou bien c'est moi. Le mythe est tombé. Moins d'une minute. Je finis par l'inviter. Une bonne bouteille et des banalités. J'ai pris une douche. On s'embrasse et je lui grimpe dessus. Je me frotte contre sa queue. Il bande bien et enfile une capote. Je me hisse sur lui. Allonge-toi. Il me lèche à coups de langue affirmés. Il s'y connaît en rythmique, le musicien. Il est batteur. Mon clito gonfle et j'ai envie de le sucer. Je mate sa queue. Elle lui ressemble. Sa queue gonfle et j'ai envie de l'écrire. Les mecs et leur queue. Des maîtres et leur animal de compagnie. La queue du musicien bat ma bouche et durcit encore. Une expiration manquée et je m'empale pour le soulager. Il jouit. C'est l'heure de se coucher.

Au matin, le moment est passé. On boit un café au PMU en tentant de comprendre les règles du tiercé. Ça semble nous échapper alors je l'embrasse rapidement au bord du van avant qu'il ne reprenne sa tournée.

La fille dodeline devant notre petit concert sans prétention. Elle est blonde, cheveux mi-longs ondulés et très gironde. Sa jupe est trop courte sur ses cuisses bien pleines et ses seins débordent de son t-shirt trop serré. Bizarrement elle n'arrive pas à être vulgaire dans étalage de voluptés. Je la trouve belle. Et appétissante. Et je lui dis. On discute en s'enivrant de sulfites. C'est beau une femme. Et toi t'es belle. Mes paupières s'alourdissent. Toi aussi tu es belle. On ne voit que toi. Grande et féline. J'aime ton corps en courbes. J'ai pris du poids. Ça te va bien. Comment tu fais ? Je souris sans vomir mon secret. Je ferme les yeux et dérive au son de sa voix. Ses notes haut perchées caressent mon oreille derrière les beats de l'électro. Elle est proche et sa peau semble si douce. Son souffle me guide et ses doigts relèvent sans cesse une mèche qui recouvre mes yeux. Les gens dansent autour de nous. Et son mec nous mate. Elle est en chasse. Et j'ai mes règles. Alors je rentre en piste et finis dans un slow aviné. Ça sent le parfum éventé.

Souvent je pense à la fille aux grosses fesses et aux seins lourds. Souvent je m'imagine plonger dans sa poitrine, sucer ses tétons rosés échappés d'une dentelle noire, ses mains dans mes cheveux, remonter sa jupe en jeans et découvrir la toison blonde. Souvent j'ai envie de baiser la fille aux grosses fesses et aux seins lourds, la sentir couler sur ma langue, me glisser d'un bord à l'autre de sa fente, et plaquer sa chatte sur ma bouche. La fille aux grosses fesses et aux seins lourds a disparu. Jusqu'à son prénom que j'ai oublié.

La femme enfant guette sa proie, Lolita un peu défraîchie, mademoiselle éternelle à la moue un peu trop marquée. Son sourire glossé offre sa nacre aux yeux de chevaliers serviles. Elle se rêve artiste mais la vie ne l'a pas gâtée, mariage et carrière qui font pas bander. Les risques non plus ça fait pas bander. Alors on se choisit une vie proprette et on s'en invente une autre quand on s'en est lassé. Une qui fait bien chialer. Et on la partage en poses étudiées et en instantanés photophonés. Je suis une artiste. Regarde-moi. Tu me trouves belle ? J'aime pas mon corps. Et toi, tu l'aimes ? La femme enfant est en clichés, pauvre victime d'une histoire infortunée. Pas de chance. Entre suicides ratés et amours avortées, elle ne cesse de se plisser. Mais le jeu des dupes opère toujours. La tragédie d'une vie inventée. D'une oreille attentive, d'un rire cristallin. D'un battement de cils, d'un conte désenchanté. La femme enfant orchestre ses galants entre œillades énamourées et pleurs convulsifs. Elle remonte ceci ou camoufle cela. Elle ondule et manipule, à coup d'illusions grossièrement déguisées. Elle caresse l'un et flatte l'autre, mante en quête de pygmalion. Passe de Zazie à Tricky, de minauderies à Bukowski. Et les fous tombent à ses pieds.

Mais le temps a passé. Ses quelques vestiges trafiquotés s'écroulent. Les nuits se regardent en miroir dans un écran bleuté. Tu es là ? Le réveil est réglé toujours plus tôt. Course contre un corps en train de trépasser et de chimériques épopées à réviser.

C'est un jeune mec de la campagne qui traîne chez mes parents. Il est grand et a un vilain nez plein d'agressivité. Ces derniers temps, il semble s'intéresser à des préoccupations plus adolescentes. J'aime bien jouer. Et ça fonctionne. Il a quelques années de plus. Je suis même pas majeure. Il est toujours plus jeune que les vieux. Il porte son jeans bleu clair bien haut avec une grosse ceinture et le t-shirt rentré. Il sent le bouseux. Les potes de mes parents. On va faire de l'essence ? Elle s'ennuie la petite, je vais lui faire faire un tour. Tout le monde s'en fout. C'est l'heure intelligente. Je grimpe dans la caisse, j'aime pas son nez, mais je grimpe quand même. Genoux serrés et mains à plat. Ça te dit d'aller voir les bords de Loire ? La voiture est déjà engagée. Il a passé le golf et le pub irlandais. On est sur une petite voie toute cabossée. Il coupe le moteur, saute sur ma bouche et déclipe les ceintures. J'essaie de garder mon souffle. Les mains à plat sur les genoux.

Les siennes trouvent mes seins et les tordent. Je crie doucement. Tu aimes, hein ? J'aime pas. Surtout son regard. Je réponds pas et mords mes lèvres. Ses doigts glissent sous ma culotte et farfouillent mon vagin. Ses ongles m'écorchent. Suce-moi. Il sort sa bite. Elle est grosse. Large. Ça me dégoûte. Elle est luisante et un peu explosée. Une grosse veine palpite. Sa bite est pleine d'agressivité. Il pousse ma tête et je recule, puis j'ouvre la bouche. Mauvais moment à passer. Faut se débarrasser. Ça sent la pisse mais j'ouvre la bouche. Qu'il jouisse vite. Mais le bouseux veut me la mettre. C'est ta première fois ? Je me tais. Il vire la culotte, crache dans sa main, se branle un peu et me besogne, son cul collé à la boîte à gants. Les îlots du fleuve apparaissent et disparaissent. La bile remonte et il finit par cracher son jus. Rhabille-toi. Je descends de la caisse pour remettre ma culotte. Mes pieds s'enfoncent dans la vase des bords de

Loire. Mon sang goutte sur le coton blanc. Le plein est fait.

C'est l'été et je n'ai pas de chez moi alors je bosse au bistrot. Café et connexion Internet. Quelques discussions de comptoir. J'écris la locale et le lendemain je la lis. En fin d'après-midi, le bel ouvrier débauche et prend un dernier café. Il est grand et brun. Il a un corps ferme et de longues jambes. Chaussures de sécurité et fringues trop larges. En fin d'après-midi, je guette la voiture rouge. Il passe la porte, me fait un petit signe de tête, et s'assoit au bar. Je fais semblant de bosser et lui envoie un sourire. J'ai ma table attitrée. Plus de place au comptoir, alors il vient près de moi. Il est très beau. Et très timide. Et j'ai un mec. Qui n'est pas là. On discute un peu boulot. On fume quelques cigarettes. Le bel ouvrier est gentil et parle comme les types qui ont arrêté l'école un peu tôt. Il est sorti avec une fille du groupe. Une bourgeoise à la voix haut perchée. Mal assortis. En sortant il brandit une des cartes de visite que je laisse traîner près de la caisse. Il m'appellera ce soir. Ou demain. Je sais. Tu donnes souvent ton numéro à des inconnus ? Juste à ceux dont j'ai envie. L'aiguille bat son rythme. Il est timide. Je prends les choses en main. Je me branle et finis ma nuit.

Robe noire indécente et talons aiguille. Il est grand, le bel ouvrier. Le bolide rouge arrive. Suis-moi. On coupe à travers champs. Ça doit faire mal un cerf. La maison est en pierres, les portes ne sont jamais fermées, et le chat nous accueille, la queue dressée. Deux bises sur les joues, visite, jardin compris. On s'assoit à table. Son parfum est incrusté partout. Ses fringues, sa peau, la couverture sur le canapé. Les draps. Il m'a préparé quelques légumes du jardin de son père. On croque les concombres et les tomates non calibrées. Derrière la voix bourrue, le bel ouvrier est tendre. Il me parle de ses fils. Le grand qui a 10 ans et dont il a assuré l'avenir. Et le petit qui n'est qu'un bébé. Son voyage en Amérique du Sud. La musique, les filles et la coke. Et sa moto. Une vieille bécane kaki. Derrière la voix bourrue, le grand est timide. Et j'ai envie qu'il me baise. Alors je me tais. La chaise en paille me pique les fesses. Le chat s'enroule sur mes genoux. Il a de la chance. Je fixe mes bruns dans ses marines. Il a de la chance. Je vire le chat et me plante devant lui. Remonte ma robe. Le tissu glisse lentement vers mes hanches et je deviens liquide. Ses grandes mains caressent avec douceur. Il plonge entre mes cuisses et me respire profondément. Il gémit en capturant mon musc. Viens. Sa main me guide à l'étage. Penderie à ciel ouvert. Et son parfum. Partout. Ses essences me grisent. Je m'assois au bord du lit. Sommier et matelas. Et des draps qui ont vécu. Il s'agenouille entre mes genoux et pince ma chatte de sa bouche à travers le tissu. Je l'encourage avec mes mains. Ses lèvres parcourent mes cuisses et me taquinent. Mon désir enfle dans mon string. Et je gémis dans ses essences. Et le stupre impose sa musique. Le string tombe. Les aiguilles demeurent. Et sa bouche me conquiert. Je me cambre et jouis. Une fois. Deux fois. Trois fois. Il me suce doucement, sans répit. La tête me tourne. Je gonfle et palpite contre sa langue. Quand ses doigts trouvent leur voie, je les enserre en convulsant. Et crie les trois syllabes de son prénom. Il lève la tête et sort sa queue. Tu vas être déçue. Je sais que non. Sa peau m'appelle. Son manque d'assurance m'attendrit. Je l'observe, bouche entrouverte. Sa main coulisse sur son membre dressé. Sa queue est belle et arrogante. Longue et fine, comme lui. Caresse-toi. Il pose ma main sur ma chatte et je glisse sur mon clito gorgé. Je suis trempée. Et d'un coup, il me remplit. Fort. Il tape au fond. Douleur et plaisir se mêlent et me libèrent. Fort. Je caresse mes seins en avalant sa queue au fond de moi. Son souffle se hache. Il se retire et jouit sur ma chatte. C'est chaud. Je jouis encore sous la brûlure de son foutre. On se pelotonne, flanc contre flanc, son nez collé à ma poitrine. Dors avec moi. Le bel ouvrier s'éteint. Je me sauve doucement et prends la route en faisant attention aux cerfs. Je lui laisse ma culotte. Elle s'est perdue dans la penderie à ciel ouvert.

On baise parfois. J'ai mal au dos sur mon canapé, besoin d'un lit. Besoin d'un homme, de tendresse, d'affection. Comme lui. Et on devient amis. Il partage son herbe. J'apporte le rhum. Amis et plus si affinités. La baise est bonne. La baise est douce. On fume, on boit, on baise, on s'écroule. Réveils à 5h30. Il se lève tôt l'ouvrier. Il écoute France Inter et aime la salsa. Il est riche l'ouvrier. Il a une maison en pierres et un petit crédit sur le dos. Il a mis ses fils à l'abri. Il est sorti avec machine. Elle l'a invité à quelques soirées. Elle est plus vieille. Et il aime les vieilles.

Et le porno sur Youporn. Elle l'a invité mais ne lui parle plus. La pause prolo est passée. C'est mon secret et je l'aime. C'est mon ami. Je contourne cerfs et sangliers pour rejoindre la maison sans chauffage. Il fait froid et le feu brûle dans la cheminée. On fume des joints, on boit du rhum. Ventura parle sans son à la télé. Et le feu brûle sous nos peaux. Puis on se glisse dans les draps parfumés. Il me lèche ou on se branle. Parfois il jouit dans ma bouche. Et demande toujours l'autorisation d'éjaculer sur mes seins. Il est timide et bien éduqué. Les draps ont vécu et la penderie est à sol couvert. Quelques culottes ont rejoint ses fringues. Parfois je reste dormir, son corps agrippé au mien. Quand je me lève il est parti et le café fume. La maison est silencieuse. J'enfile son sweat vert et respire son parfum. Je l'aime. Les affinités. Dans la salle de bains, les bouteilles blanches sont alignées. Je m'asperge de lui avant de partir.

La dernière nuit, il me réclame. Il veut pas de femme et j'ai un autre homme. Il réclame alors je coupe les champs. Même si je vais mal. Quand j'arrive la maison somnole et lui aussi. J'enlève mes fringues et me colle à sa peau, cherchant son feu. Il grogne et m'ignore. Il réclame jamais. Il veut pas de femme. Je baisse le drap et prends sa queue entre mes lèvres. Il souffle et se retire brusquement. Il me serre fort. A étouffer. Dors avec moi. Je dois me lever tôt. Dors avec moi. Je prends sa queue mais il esquive. Je fais mine de partir. Il me retient, ses longs bras autour de ma taille. Il va mal et moi aussi. Je baisse la tête pour le finir. Il se refuse. Je me rhabille et ses bras me supplient. Il faut partir. On se rappelle.

L'ouvrier est mon ami. Et mon secret. Sans nom de famille. Dans le petit village, les bikers font rugir leurs bécanes. Tout le monde a mis ses plus beaux habits. Son fils est là et circule au gré des bises. Il y en a qui pleurent. Et puis moi qui ne connais personne. Le gamin n'est pas beau. Il ressemble à la mère. Il m'a dit son prénom mais j'ai oublié. Je pleure au fond de l'église. Il était seul. Il ne voulait pas de femme. Il est mort seul. Je pleure au fond de l'église dans un kleenex détrempé. Je suis sa maîtresse et personne ne le sait. Juste un fantôme de sa vie. Je viens de perdre mon ami. Un autre amant a trépassé. Une lettre anonyme est déposée parmi les fleurs. Et la nécro a craché son nom.

Depuis quelques semaines, le sommeil gronde dans le lit, processus final d'années d'agonie conjugale. Je vais partir et il le sait. La journée, on s'ignore. Le soir, il veut comprendre. Je lui lâche mes frustrations. Il va changer. Trop tard. Moi c'est déjà fait. Pas totalement sa faute, ni entièrement la mienne. Tristes complices. Il pleure et moi aussi. Et quand il parle sa voix prend des aigus. Comme quand il jouit. Je me mûre de la cuisine au lit. Il y croit toujours. Pour moi, la fin a sonné. Il tente des caresses. Arrête, je lis. Je vomis ses tentatives et me couche de plus en plus tard. Mais il m'attend. Et je vomis ses tentatives. Il joue au martyre castré. Je lui tourne le dos. Des livres à dévorer. Il boit le soir et son souffle alcoolisé me répugne. Et je me tourne et son odeur rance me révulse. Et je me tourne. Mais c'est mon cul qui l'excite. Sa main s'agace et je l'ignore. Son corps se colle et j'ai la gerbe. Et il se branle dans ma raie. Je vais prendre une douche, je passe le jet vite-fait. Quand je reviens, il se branle sous la couette. Le bruit de la peau qui glisse. La nausée. Le bruit de la peau. Des mois, peut-être des années, de branlettes nocturnes quand on pense que l'autre est endormi. Je m'allonge sur le ventre, tête dans l'oreiller, bras repliés le long de la poitrine, les poings sur les oreilles. Il me masse un peu les épaules, tente de m'embrasser, soulève mes fesses. Nausée. Il me la fourre sans s'annoncer. Ma chair résiste un peu puis se déchire. J'étouffe un cri et tends la main pour le repousser. Il l'attrape et l'autre aussi. Je cambre et ne fais que l'enfoncer. Alors je cède. Le 2e coup est rêche. Le 3e râpe. Le 4e me fait hurler. Au 5e il jouit au fond de mon cul et sa voix grimpe d'une octave. Je quitte le lit en vacillant et me vide aux chiottes en quelques poussées. Je prends une douche et me recouche. J'ai un chapitre à finir.

La baise en bagnole hésite entre amours illicites, coups de jeunesse et jeux d'amants. La première pue la vase ligérienne. La dolce vita efface l'odeur. Je ne comprends pas la langue, mais la musique me caresse, surtout la sienne. Petit modèle, celui-ci. Je joue aux miniatures pendant les vacances. L'italien du Nord est blond et parfois porte un prénom espagnol. Comme ma miniature. L'Italien du Nord porte la permanente ondulée, le jeans neige remonté et le t-shirt bien coincé. Le petit modèle m'appelle l'Odrette. Et il l'a bien droite, j'ai vérifié. Sa voiture est à sa taille. Au milieu des vignes, il coupe le moteur. La vue est dégagée. Comme ma chatte. Et il me baise avec sa bouche. Il est rapide. Je ne jouis pas mais je regarde ses boucles blondes se mêler à ma toison noire. Il œuvre bien entre mes cuisses. Le petit modèle est doué pour le travail à la chaîne, il y est depuis ses 14 ans à l'usine. Alors sa langue s'agite selon un schéma bien établi et moi j'admire notre tableau de mèches. L'orgasme n'est pas au programme de la cinecitta. Les natures mortes c'est lassant, alors je le suce. Je l'engloutis jusqu'aux couilles. C'est pratique les miniatures. Il bascule le siège et jouit en se branlant dans ma chatte, le nez enfoncé dans mon épaule. C'est la nuit des étoiles. Ça file en tous sens. Un dernier coup de reins et il inonde mon ventre. Pas de bébé.

Parfois je retrouve le carcan rassurant de la tôle dans une pipe à grande vitesse. Y a pas d'étoiles sur l'autoroute.

Je vieillis et abandonne les jeux d'enfants. Je deviens adulte et sa maîtresse. Je le suce derrière une grange. C'est fini les jeux d'enfants et la nuit des étoiles filantes. La voiture est bleu ciel et sent la vie de famille. Je suis l'autre et je m'en fous. On peut fumer mais faut s'essuyer les pieds avant de grimper. On peut sucer mais faut avaler pour pas tacher. Les enfants dorment dans la maison. Les vitres sont embuées. Y a pas d'étoiles. Juste les lumières des maisons d'à côté. Quelques flashs d'une télé. Je le suce et il me branle. La campagne s'endort et je l'astique. Quand on se quitte, le stupre s'est éteint. Et je me fais vomir.

C'est le châtelain du village, du moins aime-t-il le penser. C'est le châtelain du village et il aime le rappeler. Il a sa cour et impose son circonflexe. Le châtelain a du verbe et de la prestance. Il sait recevoir le châtelain, avec grands crus et langoustes fraîches. Je bois des lèvres et goûte des doigts. Je fais partie des gueux. Tout juste tolérée. Le châtelain aime sa cour et distribue ses largesses. Grands crus et langoustes fraîches. Je sais me rationner. Il aime pas les gros le châtelain. Faut être con pour être gros. Je dois être un peu conne. Je garde mes mots et contemple le ballet. Le châtelain a pris du bide et ses mains tremblent dès potron-minet. C'est café au bistrot. Mais les grands crus pas loin après. Le châtelain a des manières. Il est érudit, collectionne les châteaux, les déclarations à 6 chiffres et les châtelaines. Il paie des pensions à vie le châtelain. C'est pas grave, il est grand seigneur. Il a de l'éducation le châtelain. Et il cultive sa cour. On boit son vin en leçons. Et les gueux attendent sa messe. Moi j'aime les gueux et leurs courbettes. Mais pas le châtelain. J'ai vu ses femmes. Je l'aime bien la première. Elle sourit triste. Et un jour elle part. Les grands crus sont moins bons dès potron-minet. La première plus personne lui parle. Le châtelain a laissé le choix, grand seigneur, et les gueux se sont prosternés. La deuxième est une nana trop bronzée avec des mèches et des boucles d'oreilles dorées. Il a maigri le châtelain. Il est fier de sa pépée. Elle s'ennuie en jupon blanc sur son téléphone à coque strassée. Il est fier le châtelain. Il a levé une nana classe. Mais pas sa bite apparemment. Elle n'a connu la cour que le temps des présentations. Elle s'en est tapé un autre. Pourtant une fille éduquée, avec de la classe. Le châtelain repart en chasse. Les grands crus coulent et ses doigts glissent dans les raies. Droit de ripaille. Droit de cuissage. Il pince un sein et fait ses adieux. C'est pardonné. Et puis il est seul le châtelain. On l'a trompé.

Personne ne bronche. Pas même les maris. Pas même les syndiqués. Pas même les féministes. Elle est fraîche la langouste. La troisième est bien plus raffinée. Fringues bohèmes et teinture noire bien entretenue. Des poils bruns dépassent du jeans trop serré. Elle parle aux hommes. Et aux lesbiennes. Elle vient d'arriver. Elle sauve le monde. La troisième est une bonne gagneuse. Trois semaines chrono et elle s'installe. Le châtelain recommence à boire. Il chasse les raies et elle s'en fout.

C'est mon amie. Quand j'arrive dans le bar, je glisse mes bras autour d'elle comme une amante en manque et l'embrasse dans le cou. Je reste là quelques secondes. Mon amie a les cheveux longs, seule concession à sa féminité. Elle se campe sur ses jambes courtes, les poings sur les hanches. Ça va ma poule ? La patronne pince les lèvres. C'est mon amie. De ses godillots à sa moustache. Et c'est la nana de la patronne. Elle se fait les doubles journées. Et le cul pelé de la patronne en plus. Toujours tourné. Mon amie sert au bar mais ne boit pas, pas même de l'eau. C'est une économe du verbe. Faut dire que les conversations lassent. On se regarde l'air amusé et on savoure leurs envolées. Du nectar d'intello, à qui sait le déguster. Mon amie sent la prolo. Elle dit qu'elle ne sait pas écrire et connaît pas les dernières expos. Elle me prête des livres et je la débusque. C'est une économe du verbe. Faut dire qu'ils en jettent les

Bac+5. On observe et on admire. Tant d'éloquence et de savoir, c'est pas commun. Des chiffres, des noms, des théories sans complot, parfois avec. L'ennui. Je lui confie mes vilains secrets sur analyse du Front de Gauche. Fuck Mélenchon et toute la clique. Elle écoute, rumine et régurgite. Pleine de bon sens. Mon amie est riche de sagesse. J'apprends au bistrot. Plus que sur la politique et les impôts. Mon amie est riche de sa vie. Une vie bien rude. Mais c'est la sienne. Bac-5. C'est mon amie. Je suis la seule qui l'enlace. Même la patronne le fait plus. Elle a tué ma libido. Et les autres ont peur de la contagion. Parfois c'est elle qui se confie. C'est une économe du verbe, mais elle vise juste. J'ai pas de problèmes avec les hommes, j'aime pas leur queue, c'est tout, ça me fait rien. Moi ça m'excite. Mais une paire de nichons ça peut aussi. L'été on va à la piscine du châtelain. Les gouttes sèchent sur sa chatte des années 80. Je garde mon slip.

J'ai adopté une coupe dégagée. Elle s'en fout de ma chatte. Elle a plus de libido. Avant elle aimait lécher un clito. Une fois elle a fait jouir 15 fois sa copine, pas plus, sinon ça peut faire mal. Elle n'a plus de libido mais se branle en me lisant. Pourtant c'est des hétéros. Elle en a vu d'autres. Et des queues aussi. Même si elle les aime pas. Faut dire elle en a vu des bites. La vie de famille et ses démonstrations d'affection. Dans sa campagne, les filles remplacent les mères usées. Mon amie s'est barrée. La patronne a tué sa libido mais elle en a sucé des chattes. C'est bon le clito. Ça te fait pas gerber. Mon amie aime pas les queues. Sauf dans le cul. Les Bac+5 ont plus qu'à fermer leur clapet.

Je suis enceinte et je bouillonne. Mon ventre gonfle, et je bouillonne. Le soir je me frotte contre lui, je le baise ou il me baise. Le matin, je me frotte contre mes doigts. Je débande pas de la journée. Je lis en érotisme. Je me branle. Et je débande pas. La jouissance est pauvre et mécanique. Sexe gratuit sur Internet. Le porno, refuge de la misère sexuelle. Mon ventre gonfle et mon clito aussi. Le cul posé sur le tissu bleu élimé du fauteuil de bureau, les cuisses entrouvertes, les doigts de chaque côté du clito, les images défilent sans sensualité, et mes doigts glissent doucement. Le petit bouge et mon clito gonfle. J'ai envie de cette grosse queue qui entre et sort. J'ai envie de cette chatte qui frémit. La fille jouit, les yeux perdus. Camée. J'imbibe le fauteuil doucement. Le mec jouit sur son cul. Et je crache mon jus en une giclée.

J'efface l'historique et ma coulée. C'est l'heure du goûter.

La femme du peintre cherche une baby-sitter pour sa gamine. Elle a un joli prénom la gamine. La femme du peintre je ne sais plus. La femme du peintre est pas très vieille. Elle m'a dit son âge mais j'ai oublié. Lui est géorgien, petit et sombre, il parle peu. Et il aime pas les Arméniens. Je ne sais plus pourquoi. Elle est petite et frêle, avec des yeux de cristal un peu fêlés. Ils cherchent une baby-sitter, le peintre et sa femme, et moi j'ai des tournées à payer. Ils vivent dans un grand appartement du 15e. C'est moche le 15e. Sauf si on vote à droite et qu'on n'a pas les moyens du 16e. Le peintre a les moyens mais pas les codes. Le peintre est sombre et sa femme un peu fêlée. La femme du peintre fait la visite. On fume des clopes dans la cuisine. La gamine dort. Elle me montre sa penderie. C'est pas lui qui me les a offerts. Lui c'est l'appartement du 15e. Saint-Laurent côtoie Rabanne. La femme du peintre a bien œuvré. Au China Club, elle a levé des verres. Des queues aussi. A Paris et en Arabie aussi. C'est le smoking. Il était gentil, lui. J'ai une montre aussi. Elle déballe ses fringues avec un sourire un peu fêlé. Les filles sont belles au China Club. Et les hommes paient leur saucée. La femme du peintre a fini son inventaire. La gamine se réveille. Elle part se promener. Elle a un joli prénom la gamine. La femme du peintre j'ai oublié. Les filles au China Club n'ont pas d'identité. Juste quelques fringues. Et des sourires un peu fêlés.

Il suffit de baiser quelqu'un pour le connaître. Sauf que t'étais pas là pour me le rappeler. Je cherchais alors un mur pour arrêter l'écho de mes néants. Je l'ai pris ce mur. Je n'étais plus l'autre en enchaînant les autres. Il m'a jamais plu. Ni sa manière de baiser. Mais il est là. La semaine d'avant j'ai baisé un pote. Il bandait pas mais m'a léché la chatte et le cul, puis est rentré chez lui à pied. La semaine prochaine l'ouvrier veut me voir. Pas le droit de s'attacher. Et puis celui que j'aime, qui me délivre avec ses doigts entre le boulot et le dîner familial, regarde sa montre et puis repart. Il me plaît pas mais faut combler. Copain de copains. Il parle de lui. Beaucoup. Et de son ex aussi. La folle. Elle aime la cravache son ex. Il est pas coincé mais comment baiser une folle. Elle collectionne les godes son ex. Lui cherche la fusion. Il parle de lui à la 3e personne. Les gloires locales. Et lui c'est même pas une gloire locale. Juste le grouillaud des gloires locales. Mais il en a croisé du beau monde. Tu aimes la danse classique ? Oh pitié. J'aime pas les cultureux. Il m'ennuie mais j'ai besoin de combler. Alors je prends la bagnole et grimpe les 4 étages. Il parle de lui et de son ex. La déco fait pas bander. Des photos de spectacle et une playlist bien comme il faut. Sushi et photos de montagne. C'est un champion. Il fait de la muscu. Faut pas m'étonner s'il fait des pompes. J'ai droit à la démonstration. J'attends la fin de la séance et lui grimpe dessus. J'enlève le haut et plonge ma langue dans sa bouche. Il me plaît pas et il pue la sueur. Mais on va dans la chambre. Je vire le reste des vêtements et je l'attends. Les draps sont moches et troués. Mais bien lissés. Et je l'attends. Il est à poil et je me demande ce que je fous là. Il est foutu en V des chevilles aux épaules. Ses pectoraux sont gonflés. Et ses biceps aussi. Il est pas beau mais je ne veux pas être l'autre. Les abdos sont mous. Ventre rentré. Et sa queue pend entre ses jambes, perdue au milieu d'une brousse rousse. L'élagage connaît pas, l'aspirant gloire locale. Il me grimpe dessus et j'écarte les cuisses. Il sent la sueur acide, celle de la peur. Et sa bite répond pas. Je pense à l'ouvrier que j'ai annulé et son parfum, ses draps froissés et sa penderie à sol couvert, à ses bras agrippés à ma taille la dernière fois, à son grand corps élancé. Il me lèche. Je cambre pour lui ouvrir mes hanches. T'as des maladies ? La capote me fait débander. Il tente de glisser sa demi-molle dans mon vagin. Mais je m'obstine à la gerber. Tu mouilles pas assez. C'est pas bandant une fille qui mouille pas. J'essaie de le sucer mais l'odeur me file la nausée. Ma main écrase ses couilles, pardon sa couille, qui semble se moquer de la poche vide à ses côtés. La première nuit, il bande pas. Alors il parle de lui et ponctue sa vie de pleurs écorchés. Je le console. Il a souffert. Il peut pas bander si je mouille pas. Il est cassé. Son corps est meurtri.

Enfin, c'est ce qu'il dit. Je reste la nuit, troublée et triste pour lui. Il dit des mots, semble me comprendre. Il a pleuré. Le lendemain il peut venir et fourre sa langue dans mon cul. Pas tout perdu.

Dans le groupe c'est le règne des mecs. Sauf moi. Cochon. Copain comme cochon. Les filles qui passent restent pas longtemps. Sauf la jolie métisse du comédien. Jusqu'à ce qu'il la mette enceinte. Il sont 5. Et puis y a moi. Je suis sa brune. Les mecs ont la trentaine, les filles la vingtaine. Dans le groupe, il y a le producteur, le comédien, l'assistant-réalisateur, celui qui fait des petits boulots, et puis mon mec, qui spécule l'argent des amis riches de sa mère et fait le mannequin. Et puis moi, qui passe le bac. Dans le groupe, les mecs sont beaux. Les filles aussi. Sauf moi. Alors je mange pas. Mon mec vit dans le grand loft de sa mère. On a nos quartiers et le producteur sa chambre. Et tous les soirs on se retrouve. Les garçons boivent. Les filles défilent. Elles sont toutes mannequins. Ou aimeraient l'être. Un mec avec du blé c'est bien aussi. Le soir les garçons font les coqs et les filles sont des poules. Sauf moi. Du rouge, de la vodka, des gâteaux arrangés. C'est la jeunesse dorée. D'où sort le pognon ? Aucune idée. Les bouteilles défilent. Les filles aussi. Il y en a deux qui viennent souvent. Le producteur les baise, à tour de rôle ou ensemble, dans la chambre d'à côté. La petite c'est une russe. Elle roule les R et jouit en geignant. Elle est minus mais sait sidérer les géants du groupe. Je l'aime bien la russe. Elle montre tout sans sourciller. Elle se balade en robe résille, les seins à l'air, petits tétons noirs grillagés sur peau d'albâtre. Elle a la classe, la russe. Elle sait s'imposer à mes géants. Elle tortille son petit cul ferme sous la résille sans sourciller. Et il y a sa copine, pâle copie à peine esquissée. Les garçons l'ont tous baisée. Sauf mon mec. Elle est là c'est tout, avec son air niais. Le producteur la prend la nuit dans la chambre d'à côté avec la russe pour le guider. Et moi j'écoute. Les soirées sont arrosées. Les hommes boivent, les filles se poudrent. Et se frôlent. La russe suce la langue de son homme bien campée sur sa braguette tout en glissant ses ongles nacrés le long de ma cuisse. Je lui offre ma peau. Sous la résille, les tétons noirs sont bien dressés. Les miens brûlent et j'ai envie de les pincer. Elle embrasse son homme à pleine bouche. Mais c'est la mienne que ses yeux baisent. Viens avec moi aux toilettes. Les filles font ça, pisser en groupe. Elle roule mon prénom entre ses lèvres lustrées des baisers de son homme. La russe fait pipi la porte ouverte en se poudrant. S'essuie la chatte et le nez. A toi. Elle me poudre pendant que je me soulage. Ses tétons noirs taquinent ma joue. J'ai envie de les libérer et de m'y noyer. Son doigt passe sur ses gencives puis se dépose sur ma langue. Je suce la nacre comme une queue. La russe me toise sans sourciller. Et vole ma bouche. Je goûte sa langue. Elle est bonne sa langue. Comme une queue. Je vais te baiser. Les garçons boivent et les filles se cherchent. La russe trouve sa voie entre mes jambes, attrape mes cheveux et lèche ma gorge. Je suis en feu, assise sur un chiotte. Je la supplie de me baiser. S'il te plaît. La russe aux tétons noirs va me faire crier. La poudre est bonne. Sa langue aussi. Ses doigts s'insèrent. Ma tête explose. C'est quoi ce bruit. La porte claque. Le rappel a sonné pour la soirée. La russe ondule son petit cul vers la sortie.

Facebook. Twitter. Instagram. Messenger. Hotmail. 1001 façons de fantasmer. 1001 façons de s'inventer. T'as combien d'amis ? J'aime ta photo de profil. LOL. MDR. RIP réalité. Tous les désirs naissent et meurent en virtualité. Demandes d'amis. Vie pro. Vie perso. Likes. Pokes. Chats qui tombent. Selfies de salle de bains. Opinions politiques. Déclarations outragées. Gosses exposés. Et mon corps qui s'affiche. Ces amis-là, j'en connais pas la moitié. Les blagueurs sexistes. Les handicapés de l'orthographe. Les serial quitteurs ou quittés. En couple. C'est compliqué. Célibataire. Les pas racistes. Les cultivés. Les didactiques. Les citeurs compulsifs. Ceux qui ont des idées, ou les idées des autres. Ces amis-là, j'en connais pas la moitié. Les fantasmes naissent et meurent en virtualité, stupre instantané, à consommer bien chaud, en unidose.

On retrouve de vieux amis. Comme Labite. Le surnom est mérité. Il baise en masse. Au bureau, elles y sont toutes passées. Même l'handicapée. Il lui a touché les poils dans l'escalier. L'anglaise aussi il l'a culbutée. Pas moi. Pas faute d'avoir essayé. Puis je suis partie m'enterrer très loin de la vie de bureau. Bien enterrée. Je réapparais sur une page bleue. Et je retrouve de vieux amis. Labite aussi. Il commente pas. Il like pas. Il poke pas. Labite est marié. Il mate et tape. Sur Messenger. Espace privé dans l'espace public. T'as pas changé. T'es sexy. Merci. Labite veut une photo. Une rien que pour lui. Je me fais chier alors j'envoie la chair. Encore. Plus de chair. Tu me montres la tienne si je te montre la mienne. Bite sur fond de bureau. Labite a pas changé. Il veut l'image. J'ai pas Skype, c'est dommage. Petit mensonge. Branlette virtuelle. Jouissance virtuelle. J'aime lécher. Labite a pas changé. Prends le train, je te lécherai. Pas le temps. Encore une photo. Messenger. Espace privé pour tristes mariés.

Week-end à New-York pour aller voir le groupe de vos rêves. J'envoie une carte et décroche le billet. Rendez-vous à la rédaction. Un magazine pour gamines. J'ai passé l'âge mais j'ai le billet. Ma mère me confie à mon chaperon. Le journaliste pour minettes est vraiment mignon. On n'est pas seuls dans ce voyage. Des journalistes, des photographes et des mecs d'une maison de disque. Et aussi un type qui a décroché son billet sur une radio, un mec un peu coincé. Je vais à New-York voir mon groupe préféré. Et j'ai un chaperon pour m'accompagner. Mèche platine sur casque noir, pull informe, docs et jeans déchirés. Mon uniforme. Mon chaperon est content de sa protégée. Une petite gamine, ça l'aurait fait chier. Dans l'avion ça parle de coke, de backrooms et de musique. J'écoute les grands mais j'ai envie. Dans l'avion, on fume des clopes et on se moque du mec qui a gagné son billet à la radio. Mon chaperon est mignon et j'ai envie. Premier soir, concert privé et autographes sur le billet. On mange un bout dans un chinois avec le photographe qui va m'immortaliser. Mon chaperon me raccompagne et me dit le mec a envie de toi. Mais il va veiller. On va se coucher. La journée passe à Central Park. On grignote un bout en regardant les joggers bien entraînés. Il est mignon mon chaperon et il écrira sur moi. Je sais pas écrire. Et qu'est-ce que je pourrais bien dire ? Deuxième soir, boîte de nuit et robe velours sur pompes coquées. Mon chaperon est content de sa protégée. Il aime ses jambes et sa démarche chaloupée. La nuit est froide au mois de novembre. On circule à grands pas dans les rues glacées, lui derrière moi, garde du corps pas assez rapproché. A l'entrée, ça s'entasse. A New-York, c'est nuit de sortie, avec drag-queens et perruques rouges. Dans la boîte, l'électro gueule.

Les corps bougent sans retenue ou déboulent d'un toboggan sorti de nulle part. J'ai pas l'âge de boire alors il m'embrasse pour me griser. Mon chaperon prend soin de sa protégée. Ses lèvres sont douces, ses mains correctes. Je glisse les miennes sous son pull et passe la main sur sa peau. Il est un peu enrobé. J'avais deviné. Mais il a les lèvres douces mon chaperon. On rentre à l'hôtel lassés des lumières pulsées et de devoir brailler. Et moi j'ai envie de baiser. Il m'accompagne à mon étage, me dit bonne nuit et part se coucher. Sans me baiser. Ma mère sera contente de mon chaperon. Tant pis, je vais me branler. Troisième soir, sieste dans l'avion et retour maison. On passe la douane. Ma valise est chargée. On fouille pas les filles qui ont un chaperon. Quelques heures passent et j'ouvre la porte. Pull informe et collants pailletés. Allez chéri, il est temps de te déshabiller. Ce que j'aime c'est embrasser. Alors j'embrasse. Et je glisse contre lui petit à petit. Il baisse mon collant et m'allonge sur le dos, enlève son pantalon, et garde son t-shirt. Il a pas envie de me montrer ses bourrelets. Je vois pas sa queue, elle est planquée. Mais je la sens quand il entre en moi. Il va et vient, tranquille, pas pressé. J'ondule sur sa queue pour le hâter. Rien à faire, le chaperon prend son temps. J'ondule encore. C'est l'heure de jouir. Mon chaperon est tendre et serre mes doigts. J'aime les jeunes filles. J'étais content que ce soit toi et pas une de ces gamines. Moi j'aime les chaperons. J'étais contente que ce soit lui et pas un vieux con.

Le pervers aime se faire admirer. Il roucoule, séduit, se renseigne, manigance, bombe le torse. Il fait pas le difficile le pervers. La petite, la grosse, la moche, celle qui a les yeux bleus et même celle avec des poils de cul sur la tête. Il aime se faire admirer le pervers. Il collectionne son reflet faussé. Je regarde et je méprise. Mais je reste. Fragilité. Il sait conduire le pervers. Il guette ses proies. Les cueille. Les manipule. Les tourmente. Les reprend. Les jette. Joue la victime. Le pervers guette sa proie et tisse sa toile. Juste pour dominer. Le pervers est complexé. Pas très beau. Une presque gloire. Pas très grand. Et juste chiant. C'est pas lui, c'est les autres. Toujours. Elle m'a draguée. Je voulais pas la blesser. Elle m'a sucé pendant que je dormais. Fallait bien quelqu'un pour la ramener. La parano s'installe. Mais faut rester. Le pervers a bien œuvré. Toutes celles qui passent. Même les boudins. Même les connes. Pourvu qu'elles l'admirent. Je regarde et j'encaisse. Le pervers m'a asservie. Et j'ai cédé. Trop fragile. Il a bien joué, juste une disciple sans admiration. Je regarde et je méprise. Un peu ridicule parfois le pervers. Il bombe le torse, parle de son passé, gonfle ses muscles, s'invente une vie. Parfois je le reprends. Il aime pas. Alors il mord. Et repart en chasse. Mais moi je sais le vilain secret. Je l'ai grillé. C'est pas sa faute s'il jouit pas, c'est la leur. Avec moi c'est bon. Il est frigide le pervers. Il a ses raisons. Frigide comme une femme. Sauf quand il réclame un doigt. Faut l'entendre gueuler. Baise-moi ! A vos ordres. Le pervers ment et manipule ses troupes. Séduit et divise. Caresses et tromperies. Serviteur et bourreau. Mais il baise pas. Alors il offre des jouets. Bon débarras. Il baise pas et regarde pas. Il a le porno pour ça. Mais sans se branler. Le pervers mate en cachette des bites torturées, des nichons surgonflés, des starlettes paumées. Mais sans se branler.

Et sans baiser. Il s'en fout le pervers. Il peut pas jouir. Son seul plaisir c'est d'asservir.

C'est le Auchan du cul. Tu me sors ça un soir pour m'expliquer le concept. Un supermarché avec plein de trucs en rayon, et pas que du bon. On va partir en chasse d'un petit cul, une bonne affaire, un petit cul pour moi, pour nous. Je visite et c'est vite l'indigestion de culs, et de chattes, et de queues. Y a même des concombres avec capote. Faudrait pas se choper une maladie végétalement transmissible, une MVT. Et pas sûr que tout soit de première fraîcheur. Parfois je me marre, mais surtout je déprime. Les kokins et les kokines veulent du kalinou. Sens interdits et petits cœurs. Et des photos. Plein de photos à en gerber. Et des vidéos de mecs en train de se branler, des vieux, des gros, des trans, ceux qui sortent la langue, ceux qui bandent mou, et ce couple qui allume la webcam comme il regarderait Drucker. Normal c'est dimanche et la photo des gosses traîne sur le vaisselier. Ils dodelinent tous, un air vague sur le visage, comme le chien sur la plage arrière de la bagnole. Je pars en chasse, et je coche des cases à la con pour faire mon marché. Pas trop comme ci, un peu comme ça. Trop de cases et j'ai même pas encore bouffé. J'en branche une et elle me jette. Ma gueule lui revient pas. Même pas vexée. Je parcours les rayons du cul mécaniquement. Oublié le fornix, la fabrique à rêves du cerveau. Je feuillette un catalogue de chattes épilées et lèche virtuellement des culs qui me plaisent à peine. Et le jeu s'usine, et le fantasme s'use dans les allées déprimantes du discount du hard.

On pense s'en sortir sans perte. On oublie, on classe proprement dans une petite antre chimérique. On collectionne quelques sales types. Des parenthèses sans vraiment rien d'enchanteur. On teste les différentes combinaisons. Le rhum coule à flots. Un shot, deux shots, trois shots, passe à l'attaque bébé. Je me lance, et puis je danse. Je souris, parfois on rit. Diane s'active. Son homme guette le coup de grâce. Ils défilent, en déclinaisons de parfums bon marché. L'électricien, l'ingénieur, le voileux, le dépressif, l'handicapé. Et puis y a toi. Et puis y a moi. Quelques photos. Et puis y a la solitude au fond du corps. Quelques vidéos. Le dégoût des peaux. Des filles qui descendent l'escalier. Leur corps en nouveauté pour se délecter. L'ennui. Le matin nous rappelle au quotidien.

C'était samedi. Jour de promotion sur mon cul.

Schumacher vient de se flinguer la gueule sur un caillou. C'est con la vie. Un légume le pilote. Je le connais pas et je m'en tape. Et l'inconnu non plus je le connais pas. Mais on se marre sur la news sur fond de réseau social. Demande d'ami. Accepté. J'aime ta photo. Subtil. Mes jambes avec des bas. T'es pas le seul, je crois. Il aime la photo l'inconnu. D'ailleurs il en fait. Il est cuisinier. Je regarde un peu et le mec me paraît clean. Marrant aussi. On se cherche quelques jours. Et ça dérive. Comme toujours. Ou presque. Il m'envoie des photos. Il aime la photo l'inconnu. De belles photos de cul. J'aime faire ça. Une fille à quatre pattes sur une table avec ses aiguilles aux pieds. Elle est belle la photo. Et moi j'aime qu'on me fasse ça. Autres photos. Son corps. Des tatouages partout. Ses bras. Ses fesses. Et sa queue. Et son foutre à peine giclé. Petit modèle bien bandé. Il me chauffe et je réponds. On se connaît pas mais je réponds. J'ai pas de photos. A part mes jambes avec mes bas.

Mais je pourrais bouger. Le Sud c'est pas pire que le grand Nord. C'est pas un intello, l'inconnu. Mais on se chauffe. Et j'ai envie. Pas besoin de palabrer. Les photos défilent. Les scénarios aussi. On se connaît pas. On se touche pas. Alors je l'écris. Y a une histoire à raconter. Une nouvelle pour l'inconnu. Capture elle s'appelle. Avec ses photos. Et quelques-unes que je prends en me contorsionnant. Il aime, il bande et se branle, puis m'envoie la vidéo. Moi, j'ai tout donné. Je l'ai écrit. Et sa queue manque de subtilité.

En Italie, tous les coups sont permis. Les trois françaises pas farouches sont en vadrouille. Les mecs du coin sont un peu frustrés. L'Italie est puritaine et les mariages précoces. Faut bien baiser. Les trois françaises se dévouent pour remonter le moral des troupes. Et leurs queues aussi. Ils sont jeunes. Elles aussi. Elles les enchaînent. Ils sont ravis. Treize à la douzaine. Même si j'ai pas vraiment compté. Il y en a même que j'ai dû oublier. Et ils s'appellent tous pareil. On baise dans les voitures, sur un matelas ou dans les vignes. On baise partout et le village est ravi. Sur la place de l'église les moteurs des mobylettes ronronnent le soir. Mi piaccerebbe fare un giro di moto. L'italien est approximatif mais l'intention clairement affichée. Emmène-moi faire un tour de moto. Alors on grimpe dans leur dos et on part faire rugir leur moteur. Dans le bar, les filles font l'inventaire des tables où elles ont baisé. A la 11, c'était bon. A la 3, il voulait m'enculer. Dans le bar, on joue à la scala quaranta en branlant nos mecs sous la table. On mène le jeu. Et on se marre en abattant nos cartes. En Italie, les trois françaises font bien bander. Les italiens sont très tradi. Missionnaires et levrettes. Sauf ma miniature qui lèche sous les étoiles filantes.

Dans le village, les dépucelages tombent. On gère les demandes en enseignant le bien bander. Il a un prénom yougo mais le charme brun des Italiens. Il parle bagnole. L'italiano tipico. Je comprends un mot sur deux mais le message est bien passé. Viens mon brun, suis ta maîtresse en langue. Il se fait pas prier. Faut dire ça fait 19 ans qu'il attend ça. On a deux heures, les parents vont rentrer. Il se tient devant moi. Je défais sa ceinture et baisse le jeans. Slip kangourou blanc. Ça fait moins bander mais je connais les coutumes locales. Il tombe le slip et sa queue surgit. Elle est fine et courbée vers le bas. Il plie sa queue dans le kangourou. Le jeune italien se tient devant moi, sa queue courbée juste sous mon nez. Je la prends et lèche le gland. Il a pris une douche et sent le machin pour mec. Je l'aspire un peu. Il me repousse. T'es ma première. Il veut durer. Je l'invite sur le lit, me fous à poil et m'installe sur sa queue. Je le chevauche et le prends en entier. Le pli caresse juste ce qu'il faut. Je le baise vite. Je le baise fort. Mais le puceau veut pas céder. Je crie un peu pour l'encourager. Il prend son pied et veut durer. Je dis on change. Mais il aime se faire baiser. Il pince mes seins. J'accélère. J'ai mal aux cuisses. Viens. Non, c'est trop bon. Le beau ne veut pas me céder. Et moi je commence à m'ennuyer. Viens. Non, t'es ma première. Je veux profiter. Je commence à me dessécher. Il donne des coups de reins sans rien lâcher. Il bande dur. Il bande bien. Ça fait 19 ans qu'il attend ça. Et moi j'en ai marre de baiser. Alors j'arrête. Comme ça. Rhabille-toi, les parents vont rentrer. Le beau rital s'en va, la bite bien pliée, sans avoir rien lâché.

Il aime ma peau. Il ponctue mes célibats de ses baisers. Je l'appelle et il débarque calmer ma solitude par la douceur de ses lèvres. On sort ensemble de temps en temps. Et parfois on s'écrit. J'aime ta peau. Il est tendre. Les autres copines aussi l'ont testé. Il est pas farouche et aime dispenser ses baisers. Il distribue ses caresses à celles qui les réclament. Il joue Led Zep à la basse et donne des surnoms à mes nénés. Je l'aime bien. Mais pas assez. Il est doux et tendre et a les jambes arquées. La nuit, il reste dormir. D'abord avec moi, puis avec sa chérie. Je suis pas jalouse. Il est parti. Parfois c'est moi qui le fais. On fait la gueule une semaine et on s'appelle. Et il débarque. Il est en silence et sa voix est chuchotée. Il faut pas le brusquer. Il aime les longs baisers. Mais je peux pas lui donner. J'embrasse pas, moi. Juste par nécessité. Alors il me quitte. Je fais la gueule et on s'appelle. J'aime qu'on me baise et qu'on s'en aille. Mais il peut pas.

Alors je le quitte. Il fait la gueule et on s'appelle. Il baise pas. Même pas sa chérie. Il ponctue mes périodes de célibat en chasteté.

Je le retrouve 20 ans plus tard dans un avion. J'ai le mal de l'air et la nausée. Et sa main trouve la mienne. Rassurante et caressante. Il se confie. Il s'est soigné. Avant il pouvait pas baiser. Ça a changé. Sa femme a un peu de ventre depuis le bébé. J'écoute la voix chuchotée. Dans l'avion, il tient ma main en se rappelant. On a été. Ou on aurait pu être. C'est du passé. Sa main est douce et caressante. Sa voix est tendre et rassurante. Il est là, 20 ans plus tard. Faut qu'on s'appelle.

Les petits coups de l'après-midi blessent. Mal nécessaire pour couples illégitimes. Ils abîment. Et émoustillent aussi. Comme un goût d'interdit. Le coup de l'après-midi est un mal nécessaire. Envie de le voir. En manque. Il me faut ma dose, sa peau et ses baisers. Puis la descente est dure. On sait, mais on recommence. Sinon y a rien. Toujours mieux que rien. Et bon aussi. Il arrive, en début ou en fin de journée, il a une heure, parfois plus, on sait jamais. On demande pas. Ça se demande pas ces choses-là. Tout s'improvise. On se libère, on s'organise pour le coup de l'après-midi. C'est lui qui voit, quand il peut, ou quand il veut. Le coup de l'après-midi façonne la geisha. Laver sa chatte, raser ses jambes et afficher un beau sourire. Le coup de l'après-midi c'est l'attente d'une caresse, d'un mot, d'une promesse. On s'embrasse, on se love, on s'aime. Lui aussi réclame sa dose avant de rentrer. Il y a du désir. Et du mépris aussi. Envers soi. Pour accepter, pour trop aimer, pour tout essayer, pour être une éternelle accro. Ça fait mal mais on recommence. Faut bien se voir. Tu es dispo cet après-midi ? Oui. On le case dans un emploi du temps bien chargé. On ouvre les bras et les cuisses. On prend son pied. Un coup d'œil à la montre. La vraie vie en rappel. Finie la parenthèse enchantée. Finie la pause amoureuse. La vraie vie et ses faux-semblants bourgeois. Le coup de l'après-midi s'en va. Lui aussi est blessé. Parfois il a envie de rester, mais il peut pas ou ne veut pas. C'est plus simple avec moi. Parfois il m'oublie, trop occupé à vivre sa vraie vie avec une femme qu'il ne peut plus baiser. Le coup de l'après-midi s'en va, du regret au fond des yeux. Je ferme la porte et retourne à ma réalité, le cœur un peu serré, le ventre retourné. Et j'attends le moment où le manque reviendra me hanter. Il finira par me proposer un coup de l'après-midi ou une nuit. Et j'accepterai.

Les Mormons ont plein de règles. Sur le sexe. Ils cumulent les mariages mais n'embrassent pas avant d'avoir 16 ans. Et baisent encore moins. Ça c'est pour les gens mariés. Je débarque dans la communauté le regard have, le corps détruit, le sourire mort. Ils sont gentils les Mormons. J'ai le mal de l'air, ça va passer, juste un truc à dégueuler. Mon corps crie famine. Mon cœur bat à peine. Je pense à lui. Un foulard couvre mon cou. Il fait pas très chaud. Je manque de tout. Je manque de lui. Les Mormons sont gentils et accueillants. Demain on va à l'église. Je suis le mouvement. Ça tombe bien, je dois expier. Avant l'office, inspection de tenue. On m'apporte un gros soutien-gorge et une jupe longue. J'ai pas la tenue réglementaire. Je laisse les fringues vieillottes et sors tétons et genoux apparents. Ils prieront pour moi. Après l'église, les jeunes se regroupent pour discuter du sermon et de leurs projets. Un jeune mormon veut tout savoir. C'est grand Paris ? Vous mangez quoi ? Il y a des supermarchés ? Je réponds patiemment. Le jeune mormon est beau. L'américain type, grand, sportif et bronzé. Sa bouche est charnue. Je pense à lui, à sa maigreur, ses lèvres douces et notre douleur. Et j'ai mal. Et je brûle sur mon bûcher. Alors j'écoute le jeune mormon et je m'améliore en anglais. Je suis là pour ça, je fais semblant, je sais bien faire. Ses yeux brillent et mes tétons pointent. Le jeune mormon a envie. Il bande sous ses mains croisées. Il se tortille en dégustant des yeux les pastilles noires sous dentelle blanche. Tu viens on va faire un tour, je vais te montrer le quartier. Je le suis pour la visite dans une allée. On s'éloigne des autres et il pose des questions. Le groupe est loin. On voit le clocher blanc de l'église se détacher devant les pavillons bien alignés de la communauté. Je réponds patiemment. Et j'ai mal. Je pense à lui. Alors je l'embrasse. Juste pour voir. Le jeune mormon tremble même dans ma bouche. Son corps sursaute au contact de ma langue. Ma main remonte sa cuisse. Il frémit, se contracte et jouit. Le jeune mormon a pas 16 ans. Il a péché. Il va falloir se confesser. Il a honte et peur de brûler dans les flammes de l'enfer. Je m'en fous, j'ai mon propre bûcher.

Jeunes et vieilles poupées racolent et puis s'offusquent. Elles révèlent leur peau, tendue ou plissée, juste ce qu'il faut de trop. Elles rient fort. Ça casse les tympans les grues. Elles boivent juste ce qu'il faut pour se désinhiber. Juste ce qu'il faut de trop. Jeunes et vieilles poupées essaient d'attirer le mâle. Le haut du panier. Mais ne récoltent que les fruits pourris. La fesse dépasse du short, les seins dégueulent du décolleté et la démarche est pas très assurée. Les trois pires. Faut dire, faut se faire remarquer. Elles ont beau essayer, elles sont toujours à côté. Le concours de grues est lancé. Elle se montrent et défilent. On les regarde. Attention, quart d'heure de gloire. Elles font les belles. Elles cherchent le mâle et vont le trouver. Pas question de rose ou de ciné. Frottis-frottas et rires bien gras. Une main au cul et une déclaration avinée. Elles montrent trop et puis s'offusquent. Elles s'esclaffent, elles gigotent. En secret, elles sont flattées. C'est pas tous les jours qu'elles se font remarquer.

J'échange un baiser comme une enfant. C'est tout doux. On se retrouve le week-end à la campagne. On se connaît depuis toujours. C'est le fils des voisins. Il a un prénom en gamme. On a bien grandi, presque plus des enfants. Et on vient de le remarquer. Le voisin est grand, brun et a des yeux perçants. On joue plus au ballon et la piscine est dégonflée. Alors on part se promener. Un tour à la ferme d'à côté. Il boit du lait chaud tout juste tiré. Moi, ça me fait gerber. Après on se poursuit dans les chemins. Quelques pauses pour manger des mûres à même les ronciers. On a bien grandi. Presque des adolescents. Un petit bosquet nous attend. On se raconte nos derniers mois. Ça fait longtemps qu'on s'est pas vus mais on est contents de se retrouver. Tu as déjà embrassé ? Non. Lui, oui. Tu veux que je te montre ? Oui. Il s'approche et je me fige. Ses yeux me transpercent. Il me touche, balaie ma bouche avec la sienne. C'est doux. Il embrasse comme une plume. Je ferme les yeux et me laisse caresser. Sa langue trace ma peau. Ma chair se serre et s'engorge. Le voisin m'embrase et je prends peur. On n'est plus des enfants mais pas vraiment des grands. Je garde la bouche murée. Alors on rentre en se tenant la main comme dans les jours passés. Et à la fin du week-end on s'en retourne finir de grandir.

Ma main trouve sa voie entre mes cuisses. Le soir je mate des films. Les filles se touchent. Seules ou entre elles. Les mecs les rejoignent et fourrent leur queue. Et moi je cherche la voie de ma liberté. J'écarte les jambes et glisse un doigt. Je mouille mais je sens rien. Alors j'en mets deux. Toujours rien. Je comprends pas et je poursuis. Le petit frère continue de dormir dans la chambre d'à côté. Elles crient encore. Et j'ai juste envie d'arrêter. Mouillée. Gonflée. Mes doigts n'ont pas la clé. J'arrête et je coupe la télé.

Le décodeur monte d'un étage. Le terrorisme adolescent et ses vols qualifiés. Le samedi soir, plus besoin de passoire. Les filles se touchent et jouissent, les cuisses bien écartées. Elles mettent des doigts et elles se frottent, juste au-dessus de leur entrée. Les filles caressent et moi je mate. Je glisse mes doigts entre mes cuisses. C'est tout mouillé. Je touche.

C'est gonflé. Je commence à frotter. De bas en haut, je coulisse la peau. Avec un doigt. Avec deux doigts. Mon corps tremble. Violemment. Ma main a trouvé la voie de la liberté. Merci télé.

A Paris, on peut se montrer. Ou bien regarder. Libre-service de la débauche. La semaine, c'est les boîtes à pédés. Un masque, un tuba et des corps encerclés dans la mousse. Attention, sol glissant. Les after chez les lesbiennes à l'ambiance feutrée. Cheveux courts et talons dorés s'explorent sans se cacher. Et la rue des branleurs Porte Dauphine. On n'y va pas pour le frisson. Mais le danger. En fin de soirée, quand on se fait un peu chier, on prend la caisse et on circule rue des branleurs. On prend les grands boulevards, puis la contre-allée derrière l'ambassade de Russie et la piscine Montherlant. Rien à foutre de Moscou et du chlore. La rue est sombre, tout juste éclairée par quelques réverbères. On circule lentement en frôlant les voitures garées. On circule lentement dans la contre-allée. Les hommes attendent et matent la bagnole. Queue à la main. Des dizaines de mecs en train de se branler. Pas trop lentement, y en a un qui s'approche. Des petites queues et des phénomènes de foire. Des jeunes et des vieux. On mate et ils se branlent. Arrivés au bout de la contre-allée on fait crisser les pneus et on va se coucher.

La zone est protégée. Personne s'en approche. Mais il en parle souvent. Il aime ça. J'ai vu faire dans des films et une copine m'a raconté. Elle a eu mal. Elle avait ses règles et un peu trop de virginité. Son désordre me fait marrer. Je me moque un peu mais au fond j'admire. Il en parle beaucoup et je résiste.

Y a pas grand-chose à faire au camping. On s'est baignés, on a lu, on a mangé. Faut bien s'occuper. On discute sur le ventre. Ses doigts naviguent de mes épaules à mes cuisses. Ses doigts me bercent. Quand ils s'approchent de la zone, je mouille. Je gémis doucement. Il plonge ses doigts en moi. Je cambre pour bien le sentir. Encore. Ses doigts sont trempés. Il remonte encore et je me raidis. Chut. C'est juste une caresse. Et j'ai envie. Je me détends. Il reste au bord et je gémis. Je halète. Ma chatte coule sur le duvet. Tu vois, c'est doux. Juste une caresse. Mon clito est tendu, prêt à exploser. Je suis cambrée. Encore. Le doigt caresse en cercles prêt à s'engouffrer. Je le sens se glisser puis repartir. Je me contracte quand il entre, puis me détends. Encore. Il mouille son doigt dans ma chatte trempée et reprend la délicieuse torture. Je n'en peux plus. Envie d'exploser. Envie de ses doigts. Et de sa queue. Je réclame. Il s'allonge sur moi. Je la sens glisser dans ma raie et me branler le clito. Il va de l'un à l'autre. J'ai envie. Je n'en peux plus. Alors je le pousse plus loin. Doucement je m'ouvre. Ça te plaît ? Oui. J'ai le souffle coupé. Et le clito qui brûle. Il sort. Non. Il entre. Oui. J'offre mon cul pour qu'il le remplisse. Vite. Je vais jouir. Il me prend. Bien au fond. Bienvenue en zone protégée.

Les petites filles se rêvent princesses, mais comme il y a peu de trônes vacants, elles se rêvent mannequins. C'est facile mannequin. Y a juste à poser et à encaisser. Elles regardent les magazines et se voient dedans, avec les jolies robes de princesse et le prince charmant qui va avec. Plus tard, je serai mannequin. Comme si c'était un métier. Parfois elles sont petites. Parfois elles sont grosses. Souvent sans personnalité. Mais elles essaient. Elles arpentent les couloirs des castings, attendent des heures, se foutent à poil devant 5 pédés, et s'entendent dire qu'elles sont trop grosses, ou trop petites, ou tout simplement sans personnalité. Elles remettent leurs baskets et prennent le premier métro. Le soir elles défilent en boîte de nuit. On les voit qui rôdent autour des tables VIP. Elles repèrent le moment où elles peuvent jouer. A elles d'entrer en piste. Elles dansent et se frottent. Parfois elles font mouche et rejoignent le carré, parfois le mec est assez bourré ou il a juste envie de s'amuser. Tu fais quoi dans la vie ? Des petits boulots. La fille se tourne et passe au suivant. Tu fais quoi dans la vie ? Je suis mannequin. Géniaaaaal ! Comme moi. J'observe les pépées. Je risque rien. Elles sortent les crocs mais il aime pas les mannequins mon mec. Elles sont trop connes. Les filles repèrent le producteur ou l'assistant-réalisateur. Ils vont se la jouer aux dés. Ex-æquo ? Pas grave, on se la joue à deux. En boîte de nuit, les chattes sont de sortie. Elles cherchent leur prince charmant pour y arriver. Les petites, les grosses, et même les moches veulent voir leur gueule sur papier glacé. Elles défilent quelques semaines puis disparaissent, très vite remplacées.

Je suis en manque. De sexe surtout. Il me baise pas. Il a mal. Il est fatigué. Je l'ai énervé. Les gosses dorment pas. Il a faim. Il a trop mangé. Il veut finir son émission. Il me baise pas et je suis en manque. Mais je reste sage. J'ai trop envie. Enfin c'est ce qu'il dit. De toute façon je suis pas si belle. Et je suis vieille. Alors je me branle. Je pense même pas à lui. J'arrête de réclamer. Je me couche et mets du temps à sombrer. J'en ai besoin. C'est ma seule drogue. J'ai arrêté de jouer. Si t'as envie, appelle un pote. T'en as des potes. Il me baise pas. Les autres non plus. Alors je me touche. Le matin, parfois la journée. Et le soir quand il est pas là. Ma drogue. J'attends un geste. Il calcule tout. Il dresse la bête. Il parle, et parle, et parle. Puis il me touche, me lèche, me baise. Sans passion. Sans sensualité. Avec ennui. Parfois il jouit. Un doigt dans le cul. Et finalement je m'en fous qu'il fasse semblant. Parfois j'ai envie de partir. Mais il sait me rattraper. Il devine les choses.

Ou plutôt il fouille, il espionne. Alors je reste et je me fais pas baiser. A Noël, il m'offre des jouets. Ça lui fait un peu mal. Il a pas l'habitude de payer. Je connais le prix et aussi la ristourne accordée. Je remercie comme il se doit devant tant de générosité. Il y en a deux. Le premier est tout petit et noir. Il vibre doucement. C'est pour le point G, un truc de fillette, mais faut pas vexer. Un jour, il me le met dans le cul et joue avec en me baisant. On lui trouve enfin une utilité. Sans plus. L'autre fait le bruit d'un avion qui décolle. Une ponceuse à clito. Il fait peur le machin. C'est fragile ces petites choses. Il est violet. Très girly. Je commence à regretter le premier. Il l'enclenche en position 1. Il y en a 8. Il le pose sur mon clito. Pas pire. On teste de 1 à 8. Et je finis par jouir. Position 7. Il me baise pas alors je ponce. Matin, midi et parfois soir. Seule. Sans penser à lui.

Il est pas fait pour moi. Je le sais mais je suis accro. Un peu ringard, un peu propret, un peu province. Et je l'aime. C'est à lui que j'ouvre mon cœur et mes bras. C'est à lui que je me confie pour la première fois. Maintenant tout le monde sait. Je m'en fous. Il est à peine plus grand que moi. J'ai l'habitude. Il est plus vieux. Il est beau même si ses cheveux ont perdu leur ébène il y a bien longtemps. Il a des yeux bruns, très doux, qui tombent un peu. Et il me sourit. Il me trouve belle. Il aime me lire. Et je l'écris sous couverture. Il fait des blagues pourries et moi je ris. Il est pas pour moi et je le sais. Il n'est même pas à moi. Je ne suis que l'autre. Et en même temps la seule pour lui. Il m'admire, c'est le premier. A part le premier, mais lui, c'était mon miroir. Il est parfait ou presque. Il a tout ou presque. Il est rassurant. Il se lave les mains avant de manger et après avoir pissé. Il se mouche dans la salle de bains. Il rote pas, pète encore moins. Il connaît pas de femmes comme moi. Je fréquente pas d'hommes comme lui. Il me baise bien. Dans la voiture, sur son bureau ou sur celui des collègues, sur mon canapé, dans des lits jumeaux à Paris. Il me baise bien dans tous les sens. Même dans mon cul. Il est fier de la conquête. Mais m'a blessée. Pas fait exprès. Je l'aime quand même. Il est patient. Et quand mes bras sont en croix entre lui et moi, il les délie et les enlace autour de son cou. Doucement. On est beaux tous les deux. J'ai une photo. Je sais plus où elle est. On baise bien tous les deux. Et on garde le lien, même séparés. Sauf les week-ends. Faut composer. Et moi je pleure. Et je racole. C'est pas sa faute, il est parfait. Juste pas à moi. Et un peu trop propret. Alors je fais attention à ne pas le heurter, à ce que je dis. Je mets un masque pour qu'il continue à m'aimer. Il me voit jamais vraiment. Et c'est pire que les mecs qui défilent. Pourtant je l'aime, alors je le quitte sans préavis.

On file dans la nuit. Lili la Tigresse nous attend. Les gars sont devant, je fais banquette arrière. On file dans Paris. Pas à 100 à l'heure, la Renault 5 a ses limites, mais on a envie d'en découdre. Et Lili la Tigresse nous attend. Devant, on tient le volant. Et le flingue aussi. Sur la banquette arrière, il y a une fille qui rit. Lili la Tigresse nous appelle. Pigalle, la nuit. Les petites rues sont encombrées. Des passants, des touristes, des mecs en mal de cul. Et ce putain de taxi. Et nous on veut mater les cuisses de la féline. Casse-toi connard ! Sur les sièges avant, les gars s'agitent, les mains tapent sur le volant. Et le flingue brille. Pigalle, la nuit. La tension monte, les regards vrillent. Lili la Tigresse nous attend à deux rues de là. Et ce putain de taxi. Allez, dégage ! Rien à foutre, la rue est à lui. Le flingue disparaît et lui aussi. Il court dans la nuit. Putain de taxi. Dégage connard ! Dégage connard ! Dégage ou je te crame ! Retour bagnole. Marche arrière. Chez Lili la Tigresse, les gars se marrent, les verres trinquent, les filles ondulent à moitié nue sur le bar, et moi je tremble, sur fond de tapisserie tigrée et de corps affamés.

Un jour, le stupre me quitte. Séparation tout en douceur, à peine remarquée. Un jour, il part mon compagnon de toujours, triste compagnon de solitude et de douleur. Toujours plus loin. Le stupre m'a quittée et je suis soulagée. Redemander, réclamer, chasser, baiser et se faire baiser. Affamée. Dévastée. Déçue. Trompée. Etreintes absentes. Stérilité des sens. J'ai pris ma plume et raconté la douleur. J'ai pris ma plume et raconté le spleen. Et le désir aussi. Celui de vivre sans s'écorcher. Celui de partager sans s'abîmer. Celui de créer sans se leurrer. Celui d'aimer sans blesser. Le désir a un nom, un visage, une peau, une odeur, une voix. Et des mots. Il est poésie et harmonie. Il est ce que je veux, même quand lui ne veut pas de moi. Même quand c'est le chaos dans ma tête ou dans la sienne. Le désir est là, bien ancré. Bien encré. Toujours présent. Même loin. Images, lieux, musiques, mots. Il est là. Même loin.

Passer une nuit ou une journée sans baiser. Les corps trouvent répit. Mais on s'aime quand même. On se touche du bout des doigts. Les mots caressent l'oreille. Les yeux se déclarent en sérénité. On sait qu'on peut mais on se suffit. Deux mains scellées. Et la profondeur d'une voix, même agacée, sans réconciliation sur l'oreiller. On se fait face. On partage. On n'est pas d'accord. On est d'accord. Et on s'accorde. On s'embrasse en fin de phrase. C'est pas un point final. Juste une pause des lèvres. On se comble d'âme. En douceur ou en spleen. Les voix s'emportent et puis s'apaisent. Un bon mot et de gros rires. Détente. Sérénité. On se fait face et on caresse la joue juste en passant. La nuit est belle même sans baiser. La nuit est pleine dans nos souffles assouvis. Parfois les bras s'effleurent, les pieds se cherchent, et les cœurs s'apaisent. Et on s'endort. La chair se tait et l'esprit se gorge. Des lignes d'écriture, des pages de lecture. Les poils se dressent. Frissons en émotion. Aimer c'est pas baiser. Même si aimer baiser c'est mieux. Même si baiser en aimant c'est mieux. Le regard, la peau, la voix, la poésie, le vin sont des velours. Comme nos silences, comme nos étreintes. Je peux ronfler pendant que tu nous écris. Tu peux t'échapper pendant que je réfléchis. Puis on se réveille et on se goûte. Et on décline le verbe baiser en le faisant rimer avec aimer.

A celui.

Egalement disponibles :
La Nouvelle Came, BoD éditions
Avant qu'on ne disparaisse, BoD éditions

audreyterrisse@live.fr